那些最靠近你的

陳繁齊

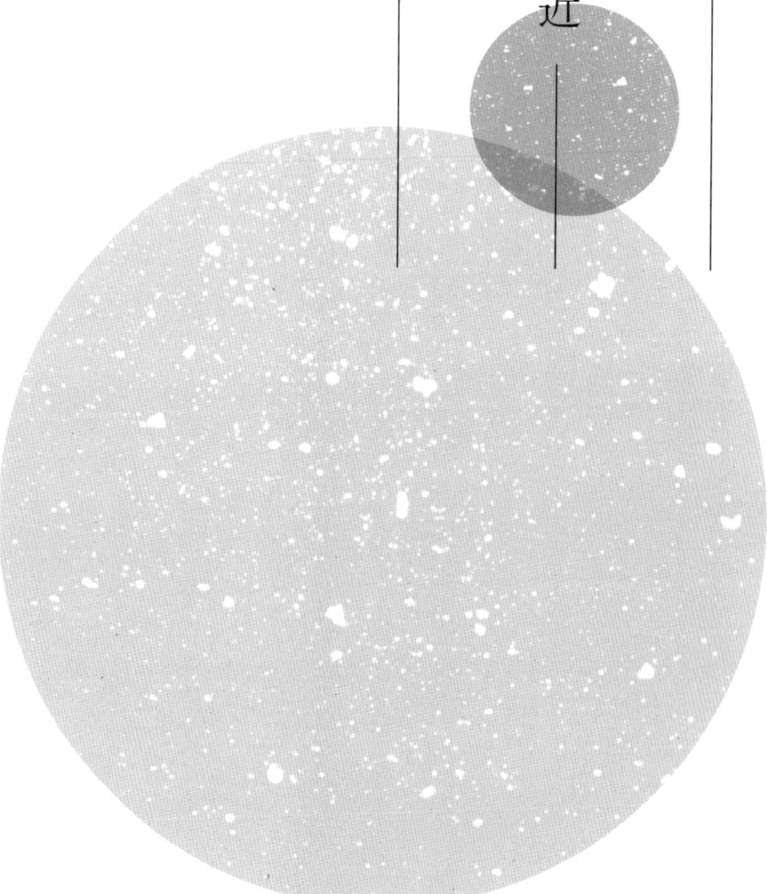

自序

這是第二本了。

這些數字對我來說有沒有深厚的意義，其實還不太明白。出了第一本詩集後有了機會和H談話，曾經聊到「出書的理由」，我很理所當然答道，對我而言，這是一種紀錄的方式，而成冊、成為一本書籍，多少是對自己具體的交代。後來和摯友W也曾討論到出書的頻率這件事，W說，每年都能夠擁有一種紀錄自己的方式，其實是非常幸運可貴的，我點點頭。所以這近一年來一如既往地書寫紀錄生活，撇除掉其他諸如治癒、宣洩之類的功能，寫下這些字句，都是對自己情感最誠實的時候。

知道自《下雨的人》出版後的近一年間，自己是有不少轉變的。回頭想想，去年兵役纏身的日子就像是住在裂縫裡，看見的天空就是那麼狹隘、光也是那麼窄，所以說什麼都急迫，腦袋也轉得彆扭；一整年身分的侷限也讓我重新檢視了自卑，作品的情愫裡多少是有以委屈做為出發點的，渴求同理、渴求被理解。現在重回自由之身，世界突然回歸偌大的模樣了，開啟了某種層面上屬理想中的生活，空間變得寬廣許多，有些事我發現也許可以慢慢談，有些人我也並不急著讓他懂。這也可能是這本詩集短詩數量遽增的原因，越來越傾向於說少少的話，把一切輪廓都淡化、擴大，像是投進心池的石子不再追求濺起水花，變得喜歡漣漪。

似乎把情感切得更碎也藏得更深了，不再被自卑的狀態淹沒之後，取而代之的是由自憐而引發自尊。想起《挪威的森林》裡所說的：「不要同情自己，同情自己是下等人幹的事。」不確定這之中自憐的成分究竟有多少，但很清楚這一年來常常督促著要保護自己，所以保持距離，所以在每一個暴風圈外徘徊，儘管暴風中心有個人等著，而那裡其實是一片風平浪靜。說穿了就是自私，是的，我認同人是自私的——包含愛也是，愛或不愛，甚至是許多看似為對方所做的事，不過都是建立在某些利害評估之下，或是依憑自己單方面的理解，去做出所謂「較好」的決定。我想我這一年來，又回到有些自私的模樣。

所以這本詩集幾乎是一種自私的告白。它多半不會引發爆炸性或封閉式的結果，反而是因為自己已經預想到那些結果，才取出安全距離和對方說話。這樣的距離來自太多原因，可能是善意、可能是膽怯、可能是妄自菲薄、可能只是害怕受傷，但偏偏對方都是自己如此心心念念之人，說要丟棄也不大捨得，就在若即若離的狀態下不斷猶疑；這些話語，都是最接近對方的焰火，但僅僅兀自燃燒成灰燼。它仍然希望被聽到，但又害怕對方接收後所引發的任何波瀾與變動。

常說自己是個優柔寡斷的人，這樣的優柔寡斷來自於願意不斷地給予自己希望，但這也是我認為人之所以堅韌的原因：就算是孤注一擲、破釜沉舟了，都仍然想瞥一眼結果究竟如何；所以再壞的局面、再渺茫的可能，都仍然有著一點寄望。該以什麼樣的姿態迎接世界與人群，對我來說好像是永遠的課題，總是在過分柔軟與過分尖銳中來回嘗試，受傷了就武裝回刺蝟，遇到太好的人或是錯失了什麼，又漸漸地把心袒露出來去承接。這之間是找不到最適恰的中間值的，所以這些話語也許已是最完善的狀態了，我讓它們全都繞著，但不觸碰到，也許有一天，能以最安靜的方式讓對方知道，那已經很足夠了，其餘那些永遠不會被發現的，我會慢慢地拆。

輯一

微光

地軸傾角

遇見你之後
我的世界
漸漸為你傾斜

從此以後
也有了春夏秋冬

兒戲

鞦韆

有你在身後
我可以放心地
只記得天空

蹺蹺板

再靠得近一些
就幾乎不會有
平衡的問題了

大風吹

希望能有個機會
在人群慌亂中
能夠凝望彼此
感受同一種擁有
或是匱乏

躲貓貓

如果遊戲總要結束
找到我前
請留給我
躲藏的樂趣

木頭人

別再若無其事
允許你違規一次
我想要看見你
走來的樣子

怎麼樣好好愛一個人呢

好好地愛一個人
該不該給他擁抱
給他性格裡
未縫合的缺口
給他一段能夠一起
看著水族箱發呆的時間

我沒有太聰明的頭腦
去思考更難的事情
如何自私，如何去演繹

自己是被愛的
如何把自己最初的樣子
在兩個人的地圖上輕柔展開
再若無其事地被看見

我並不確定
要怎麼安放自己的憧憬
來追究一些親密的責任
那些條目，那些初識的眼神
會不會已經是愛戀的一種預謀
我有時候也不認識我的貪心
無法確定它是一隻長頸鹿
一頭食量巨大的獅
或者只是被馴服的貓
節制地彆扭

「該怎麼好好地
愛一個人呢？」
還是沒有辦法的我
看著你問著
你說這就是答案了
而我也在你身旁
問了好久
這樣的問題

如果你喜歡我

我想聽你說
你其實很好
聽你說，你已經很棒了
儘管我不是每次
都做得那麼得體

我想要你看我
如同看見火
總是多那麼一秒
偷偷地
想成為飛蛾

我想收到你
終於鬆綁的溫柔
解鎖每一本日記
讓我佔有你所有隱晦的語言
埋伏在你每每和我傾吐時
繞的那條小路

我想要你在讀詩的時候
把信任交給我
我才能輕易地
從你心裡偷來一些東西
守護一輩子

自作多情

為了延續火焰
我取了白紙
寫滿字
當作燃料

九月

你把季節的凹陷帶走
我為你定義遠方
引誘大雨降下
卻沒有一支傘
沒有足夠淹溺的池塘

是多麼難以去分別
秋天的寂寞與執著
你停留的時候
我是那樣以為
你在等我

後來收下你的刮痕
我把每天都磨過一遍
覆上新的註解
這年你沒有成為魅影
我也沒有多灑脫

其實不是太難過
雖然知道
時間依舊在墜落
你已經擁有
比我還要好的沙漏

如果這是最後一次說謊

才碰觸到你又摔倒了
重新站起來，你還會不會
在原來的位置伸手？
還是到達一個更遠的時間
我的日夜配不上你
一句話的秒鐘

看見你的時候那麼單薄
能夠抱你嗎？如果抱住你
就會離天亮比較遠嗎。
我不想在每一場睜眼與閉眼
都需要反覆尋找你，質疑自己
是不是你的明天

我如果執意成為露珠
你是否會接。在過度地向陽
把身體變得透明之前
還是你只是可惜
而我仍在眼裡
不在手心

如果這些字
再也沒有人寫了，你會讀嗎
關於千篇一律的謊
那些詩都不是給你
那些名都是別人
但它們都是真的
每一個都不一樣

生活就是不斷重複

把夢想寫在
行事曆的每個月裡
盼望日子長出翅膀
城市長出鰓
往前撲試圖捉住青鳥
每次跌倒都收集羽毛

包紮一些傷口
以為痊癒就讓自己膨脹
不幸的事變得很小
痛覺破掉的時候
再學一次：有些傷是不會好的

一年機會那麼少
許三道願望
仍是兩個遙不可及
一個希望大家都好

愛一個人後來
不愛了
有點討厭但最終
還是，還是
淡淡地愛著

寫一首短詩告訴你

我愛你

在你偶爾才會
看見我的那幾秒

暗戀

太好的日子
你問我
想一起去哪呢
我和你說
「我想去看海，只是
主要還是要看你。」

你笑了一下
我有些緊張
你是不是
不小心聽對了什麼

耳機

還不能算是我們的時候
把眼睛閉起來
你是我的左耳
我是你的右耳

告白

原本都是
繫著繩子跳下去的
這次只是往前奔
就把自己
全部拋了出去

他說好的時候突然
整個世界
都變得柔軟

相片

你把一次的目光借給我
我就還了你無數次

你是那隻不配合的綿羊

想著你入睡難
忘了你也難

距離

你總把末日拽在懷裡
一派輕鬆
要我好好過日子

會疼嗎
每次試著問你才察覺
你的傷口沒有路

該怎麼讓你知道
我不怕黑
也能聽你撒最後一句謊
我願意把自己的祕密
都交給你，就算
只換來疏離的逞強

你說想要貼心
於是溫柔地抱我
只是每次擁抱
我都感覺到你的身體
已為了另一個人
永遠寂靜

痕跡

曾經喜歡一起看著天空
說些無關緊要的話
我們寧靜　平淡
像是愛到最後一刻

儘管已經不會為對方解釋
心碎不再落在同一塊悲傷上
笑也只是為了留下
最淺的念和我們之間
深深的痕

有時還是健忘
像窗外的細雨忘了停
手心捧滿雨水
就要給你
婉轉告訴你我的生活
有一點狼狽

告訴你轉角那家咖啡廳
已經不再營業
所以我們終於在此刻碰見嗎
什麼都要變的　而我
才會那麼喜歡
我們若無其事的模樣
有一些相遇的日子
看起來很像
那就夠了

輯二

腳步

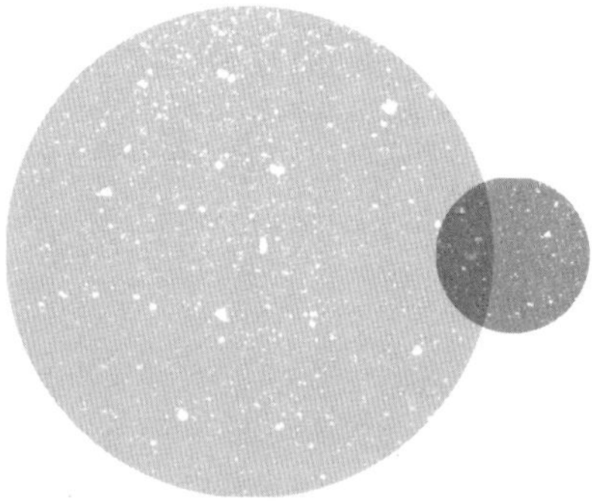

不幸

如果我
能像候鳥
沒有意識追隨溫暖
就是自己的一生

我還不能愛一個太遠的人

沒有力氣流淚
畫不出地圖的邊際
讀一本故事書
讀不到結尾

傷心的時候
應該是一種斜坡吧
一失手總把自己
跌回原處

還是不能愛得太遠
曾經有那麼一個人
我已經避著他
走了太久太久

信任

想著一個
世界可以毀滅的原因
交給你
請你藏好

怎麼說起

最近沒有
什麼特別的事
耳機裡的音符
都在節拍裡
雨天都在雨傘上

最近沒有什麼
特別的事，大概
已經可以直視太陽
可以答對人們
眼尾的謎題
已經聽見隔牆的花
開了又開
但不感覺憂傷

知道你不想聽這些但是
沒有特別的事，最近
只有夢境與過期的擁抱
只有雨季裝成一瓶
過剩的雨水，延日蒸散
你並不覺得可惜
我也很難和你解釋
在無名的地方
栽下再鮮豔的話語
它仍然會被遺忘

因為

怕你是因為不再懂了
才不給予的
所以總是想要
寫一首溫柔的詩
送給你

所以總是將愛情打包
住在你家樓下
等你下樓

誤差

笑的時候像花
但不曾提及花期
在山嵐裡和我對望
好像你就要走出來

很久很久
等煙霧散盡
等到你身旁的曠野
變成一種恐懼

他們都說感覺
你不像那樣的人

什麼時候已經為你活成針
看得太狹隘
落地也把所有聲響
都收起來

我們都有心

洪水來了
我們沒有牽著
你在上頭
我留在底下

有時我害怕永遠與平淡

我知道夏天很多
頭頂有一個
昨天我們去看的
海裡也藏一個
還有許多個
杵在你的笑容裡

但不喜歡太長的路
和不喜歡你把幸福
形容得太深一樣
好像我們終會疲憊
終會生苔，變得危險

想買一對霜淇淋
你要什麼口味
我想看見我們
都對著有限的時間
把握的模樣

語言

希望有一些話
我們都想要說

如果喜歡總是件寂寞的事

大概很習慣他不說話的樣子
心裡頭蜷曲了
就望向遠方的雷聲
終於有了預兆喧鬧
卻像飢餓的孩童
遇上珍稀的食物
往往只敢先吃上一小口

常常覺得有什麼壞了
有什麼掉了但是找不到
有些悲傷找不出解釋
太多倉忙的時候總是拿他當起點
離得太遠就不會是
太重要的東西吧
就算自己也離自己
越來越遠

大概也習慣了不和他說話
滿滿的心意
卻沒有最適合的絮語表達
聽著愈近的雷鳴
終於有的被風吹落
有的隨雨浸入泥土

長成了草原、一片森林
也還是沒有和他說
枯萎的時候
歸的都是他心上的根

本來

我們曾經像沙
有一些水
就湊在一起
不會有縫隙

後來我們都像沙
說散就要散

分擔

如果你願意記得我
喜愛的食物
記得我生日、瀏海的方向
記得我有一些留給你的自卑
一些因你結織的心事

我也會牢記你的悲傷
願意訴說的故事
沒有麻醉的傷口
記著你笑的時候純淨
談起舊愛時
卻有點難

我會記著你

好好地
幫你收著
再深的過去
墜落到我這裡就好

錯過

你來的時候
我不知道

你走了
卻要我同意

你還聽我說嗎

聽我說嗎
那些不重要的話
曾經用歲月捲起傳話筒
再薄一些都要過份
你偏頭傾聽的樣子
卻好像一切
都能好好地被擁著

你還聽我說嗎
打破幾組杯子、愛過幾個人
生活裡想死過幾次
用多長的時日才發現
日常已經嵌進你的疼痛
悲傷也越來越多

你是否諒解
我想我們並不是一直都是個
很會說話的人
活得像樹的時候
說不出一句讓飛鳥牽掛的暖春
好不容易成為海
最冰冷的卻淤於心溝

所以你還聽嗎，聽我現在
告訴你許多匿名流言
告訴你那時候
我多麼不懂說
很多很多字才落到心底
成了一篇好長好長的故事
遲遲無法完結

請你相信我已在往你的路上

我已經在途中了
可能　像是慢慢地前進
是那種不太俐落
而屢屢跌倒的奔跑

我相信我已經往前，例如
每天按時吃飯
每天都學習一種
可能合適的溫柔
試著相信你的恐懼
想要和你一同感到害怕
但會保護你

即使我還沒有足夠忠實的眼睛
可以看你
也尚未擁有安全的嘴唇
去談論未來
即使那些都像風裡的謊言
吹到太遠的地方

但甘願暫時做一個寡言的人
把掉落的想念
和想說的話
都縫在腳步聲上
等到追上你
才會讓你聽見

輯三

過期的雲

固
執

為你熬夜
把你最後幾句話
捲成菸抽
——有害健康，醫生篤定
但我仍等到性命將盡
才捨得斷定你

我很吝嗇
遇見你之後
溫柔的那些都只想給你
整夜的輾轉裡
只願抽出最無事的一句
和你招呼

我不擅長溝通
無法將每句晚安
當作最簡單的意思
我問很多的問題
只是想聽一句
關於我的話

我太笨拙
但還是不想把你當作難題
不想學習解法
讓你變成完成的事
不想要有一種經驗
會符合答案

我是多麼膽小
怯懦地為你寫下這首詩
害怕你看見我
害怕隱喻用得太深
讓你跌進來
又怕用得太淺
被你讀懂

想我好嗎

還是想提醒你
天要變得更涼了
城市也會縮成一團吧
生活將會更壅塞但
我們仍然不會遇見

完全掛念一個人的時候
是不著痕跡的吧
最滂沱的雨落在湖裡
來不及看見漣漪
就要滿溢

我猜你也不記得吧
曾經給你一些暗號
回想起來
人是那樣難以滿足
最笨拙的與最精巧的
都要責怪自己

想我好嗎
如果睡醒或是
突然傷心了
就想我好嗎
盲了會有月光
碎了我為你拼上

錯覺

吞一根針
說謊就會痛
病癒了
就懂得感冒
做個孩子
就會有家

我很堅強

只要和你
進行一些談話
就有什麼可以
被改變了吧
把門打開
也許就能知道
你會不會來

我是幸福的
我是幸福的
我是幸福的

定局

無論如何地
想在睡前寫下
一首關於你的詩
卻反覆而難以完成

想了再多的可能
每一次開頭
卻還是從我們變得陌生那刻
開始寫起

不同

那群人圍著相機微笑
好像要把最好的歲月
就那麼燒起來

你知道自己也是火種
是多麼收斂　易燃
而且潮濕

那件事

想到只要談及
他的話題
你都會點起一根菸
默默地抽著
那是很遠的事了

那是很遠的事了
每次我想起你
總是連距離
也一併想起

關於後來

我一個人去看海了
一個人走完你給的岸、
開始相信漂流不是為了孤島
把心從瓶裡取回來
信繼續寄託在
我們愛過的海

我一個人去參加聚會了
我變得喜歡說話
有一些像你，有一些也許
像更好的自己
我喝水、吃即期的晚餐
用熬夜偽裝難眠
漸漸接受很多人的生活
不過如此

我和人們擁抱，微笑
裂成可以躺下的弧度
他們都說我感覺已經好了
就又把愛情壓上來
常常不清楚我們是在過日子
還是在過愛情

我又遇見另一片孤獨的烏雲
瞭解下雨可以是巧合，我們
可以選擇厭惡淋濕
或是那些其實都不重要
就像此時我只記得
你曾在我快睡去的時候
問我喜歡晴天
還是雨天

這個城市沒有屬於你的黑夜

還不及成為流星

他的願望

已經被實現

自受

愛你的時候
悲傷是自己的
山洪來臨
把身體佈成坑

偶爾推擠
才潑了出來
沒有辦法和你說抱歉
我曾經以為幸福
是淤積而來的

你走了以後
救不到太深的淹溺
愛情又不禁生苔
只好把身體挖穿
任它流散
後來再深刻的洪水
都留不住一點

根本沒有

離開前他曾經
那麼小心
為她的心壺
注進咖啡

但杯子太淺了
很長一段時間
她都不懂
夢醒的感覺

你是最好的痛

偶爾想起你
像整理舊櫃子
把筆記本打開，書頁
在分開時發出聲響
抗議我用不當的方式
讓所有情節與午後的陽光
一同崩解

碎片很多
每次最費時的，都是收拾
像是和別人提起你總是容易
要你回去的時候
才發現你已擅自穿出了心裡
好幾道沒鎖的門

往心最深處或往心外走去
其實都是離開
我也知道遺憾在我們之間是一條線
即使被每扇門摺著
只要有一個人鬆手
用點力仍能全部抽回

但我不願
也不讓你那麼做
世界上什麼都要腐壞變質
所以有些話想說但始終不說
例如謝謝、對不起
那是我們唯一的保存期限
是唯一麻痺時的隱隱作痛
是一些很容易說了
就再也沒有關係的話

我偶爾想起你

我想要偶爾想起你

偶爾疼痛

想起生命裡

曾經有一場相遇

不足

生來就在深淵
半輩子往上爬
半輩子
在你的起點衰老

單戀

我是一隻貪求陸地的鯨
只能用擱淺
來換取圍觀的眼淚
垂死的眼半闔
尋找人群中缺席
也沒有哭泣的那個人

七月

你還像從前一樣嗎
我讀著舊書就想起你
總會扔些惡俗的話
偽裝你的偽裝，你記不記得
再過幾天又要回到一樣的日子了
那一天人們會把你的年齡
買成蛋糕分擔，為你拍手
為你唱歌，看你閉眼
此刻願意把愛情與生命
都想得坦白

總有錯覺以為聽到許願
就是一起參與未來了
把你的信紙攤開又闔起
找不到時間的結
和任何別離的伏筆
所有的字都像墓碑
事蹟、年份都要風化
只剩下傷悲

其實我怕空，害怕任何
缺漏的事物
所以才把缺席
也解釋成一種填注
那個位子你不會再來
也不屬於你了，但是怎麼說
那道眼光仍然屬於你

你是否也聽見
窗外又響起雷聲了
不變的是七月的雷雨仍然
是難以捉摸
總說午後，但卻又
沾上傍晚一些些

睡前習慣

在床頭擺上詩集
以克制綿羊的貪吃
凝望天花板來測量
明天與傾慕的城市
距離是否縮短

嘗試喜歡安靜
喜歡遙遠地
去想念一個人
也試著去想像
那個很好的人
快要入睡

瞇瞇眼再
突然驚嚇
百般埋伏在一個
最安全的時間

最後一個
和你說晚安
把你留在夢的邊緣
但不變成夢
一醒來還能碰見
還能找到你

延遲

很難再去認定
白天與黑夜之間的公平
你說了再見就要天黑
你醒了我就願意記得
要和世界說早安

有時睡前照鏡子
以為自己沒有變老

遇見你以後
發現自己變成
一只有瑕的沙漏
有些時間
需要你輕輕搖晃
才能回得來

謝謝

你教過我克服孤單
所以總在孤單時
想到你

最終你也教了怎麼愛與
不去想起一個人
想讓你知道
我後來學得很好

輯四

生鏽的窗

我多希望這不是煽情電影的情節

我們進錯房間了
你是主角，你不知道嗎
最後的最後
已經流很多淚
還是要有一個人
永遠獨自留在裡面

親愛的這不是你的錯

有時候惡意是水
就算我們已經
讓自己單薄得
像張面紙

致盜竊者

1.

世界上的雨
不只一種
但撐了重複的傘
可能會被誤以為
是誰的情人

2.

我們不能刻意成為
誰的愛人
我們蹲下的樣子
就算很醜
也不能把鏡子
擺在太高的地方
放任自己攀上高樓長梯
任意撒謊

3.

我得向你承認
如果在黑暗中害怕孤獨
而擁抱謊言
是令人同情的
有些時候有些人
最好的朋友
只剩下秘密

4.

你把全世界
都收進行囊
也不會有快樂的樣子
你會在逃亡前最後一刻
找不到自己的東西

5.

我不擔心

你偷竊棺木、石碑
與碑文裡呼吸的起伏
如果你的人生是假的
在你死亡時所發生的悲傷
都是假的

現實

你不要成為光
該藏得深一些
會在黑暗中徘徊的
都是怕亮的人

門票

信神之前
得先相信苦難

當蠟燭都被捻滅

——致最荒唐的禁用語

整個中國
都停電了
大聲的人說
沒有人怕黑

烤肉

爐子燒著新生的火
迎著太久沒趕緊翻身
就要被丟棄了
不管另一面
能夠多麼稚嫩完好

夾子

明明你我都一樣
為什麼
一個用來夾肉
一個用來夾木炭

沾醬

提著筷子的人
就能選擇
別人的選擇

人群

圍著一圈烤肉時
都說是香的
沾到身上時
就嫌臭了

孤獨者

總是以為自己喜歡熱鬧
也總是說服自己
孤島也有浪花

離別前和人群拍了照
沒有人需要知道
自己和寂寞站在一起
比較好看

關於生活

生活是用沐浴乳與洗髮精
去換算季節，即將用盡
就如同處理想念
加水稀釋，再加一次
直至沒有泡沫
才戒除它的責任

生活是95跳停，最多一百
安排更多的框與輪廓
來讓自己變得像誰
有時刻意極端——
最貴的晚餐、最深地愛人
最近一次痛哭
不太確定是更認識自己
還是終於想起自己

生活是手指上的小傷
刺痛而仍然無法迴避
那些我們謂之必要的
好像都勝過悲傷
每次一點點地生病接著痊癒
都找不到界線在哪
只說那就是時間

生活是遇見太好的
反而迷失
生活幾乎是一杯咖啡
兩個人喝
卻仍只有一個人失眠
還沒學會以前
共同擁有
都像是共同失去

打個勾勾我們都不要變

再做一個夢
就要醒了
問你明天長什麼樣子
你說比我們學過的
任何題型
都還要難答

我們都要離開了
像鏡子離開光
揣摩自己的立場
像眼睛離開淚水
但不透露悲傷
像是數字的派對
需要號碼牌才能入場
而我們都迫著
在字海裡湊上一個詞

喜歡你假裝飛鳥的樣子
我相信，我們一直都是
不停飛翔
漸漸對天空
也有了責任

註：此篇為公共電視《他們在畢業的前一天爆炸》第二季形象詩作品。

生活的時候把傷心平放

翅膀代表飛翔　親吻代表豢養
我們能代表悲傷嗎
用不同的軀殼做一樣的事情
日落時有一個夢想
日出時重複遺忘

我們是否都是欲言的人呢。深深暗戀而
疏離著彼此的笑臉
誰會是自己最好的藥？整理自己
就質疑可能已經生了一場大病
不會死亡也不會痊癒

你快樂嗎。那會是最刁鑽的
關心，如果都不帶著盾
來迎戰日常的多刺
如果都是勇士卻沒有
一個回頭的原因
會不會把快樂誤解成
一種安逸的滿足

我們能不能熱愛人群中的自己
像待溶的糖，有點黏著
有點凝結的機會
像是有時候生活很難
卻仍然張望。偶爾，只是偶爾
期待和一個人相愛的機率
比相遇還高

像是迷途的螢火蟲
偶爾，只是偶爾
認同自己也是道溫暖的光
試圖找到熠熠的眼

那些最靠近你的

作者｜陳繁齊
美術設計｜森田達子
責任編輯｜楊淑媚
校對｜陳繁齊、楊淑媚
行銷企劃｜王聖惠

第五編輯部總監｜梁芳春
董事長｜趙政岷
出版者：時報文化出版企業股份有限公司 / 108019台北市和平西路三段二四〇號七樓
發行專線：02－2306－6842
讀者服務專線：0800－231－705、02－2304－7103
讀者服務傳真：02－2304－6858
郵撥：19344724時報文化出版公司
信箱：10899臺北華江橋郵局第九九信箱
時報悅讀網：http://www.readingtimes.com.tw
電子郵件信箱：yoho@readingtimes.com.tw
法律顧問：理律法律事務所　陳長文律師、李念祖律師
印刷：勁達印刷有限公司
初版一刷：2017年10月27日
初版十三刷：2022年12月30日
定價：新台幣350元

時報文化出版公司成立於一九七五年，並於一九九九年股票上櫃公開發行，
於二〇〇八年脫離中時集團非屬旺中，以「尊重智慧與創意的文化事業」為信念。

那些最靠近你的 / 陳繁齊作 -- 初版 -- 臺北市 : 時報文化
2017.10　152 面 ; 14.8 X 20.8 公分
ISBN 978-957-13-7172-6 (平裝)
851.486　　　　　106017803